Lettre

a M. le Rédacteur en chef

de

l'Union médicale.

LETTRE

A M. LE RÉDACTEUR EN CHEF

DE

L'UNION MÉDICALE,

TOUCHANT LA MORT DE M. X.,

MAÎTRE DE PENSION A GRENELLE;

RÉPONSE

De M. le Rédacteur, avec adhésion de la part de trente-cinq médecins;

LE TOUT SUIVI

DE PLUSIEURS LETTRES ADRESSÉES A M. LE Dr DUMONT, PAR MM. LES PROFESSEURS CHEVALLIER, ORFILA, PIORRY, ROSTAN, ETC.,

> Non dignor ambire medicamentarios
> asinos et ignorantes. . . .

PARIS,

J.-B. BAILLIÈRE, LIBRAIRE DE L'ACADÉMIE ROYALE DE MÉDECINE,

Rue de l'École-de-Médecine, 17.

1847.

La mort de M. X. ayant donné lieu à des bruits ou-
trageans pour la réputation de M. le docteur Dumont,
celui-ci a dû en référer à ses pairs ; et, s'il ne l'a fait
plus tôt, cela tient à la maladie dont il était affecté lorsque ces bruits sont venu fondre sur lui. Les hommes les
plus compétens dans la science ont cru devoir protester
hautement en faveur de M. le docteur Dumont ; leur
témoignage démontrera combien d'erreurs et de sottises
ont été mises en jeu à propos du triste événement qui
fait le sujet de cette publication.

Paris, le 15 décembre 1847.

LETTRE

A M. LE RÉDACTEUR EN CHEF

DE

L'UNION MÉDICALE.

Grenelle, le 7 décembre 1847.

Monsieur le rédacteur,

L'Union Médicale est devenue la tribune où les membres de notre famille, les plus humbles comme les plus élevés, peuvent monter à leur tour pour faire connaître leurs griefs, pour exprimer leurs doléances. Grâce à votre libéralité, il m'est permis de déférer à la seule juridiction que je puisse reconnaître, au jugement de mes pairs, un fait grave qui, perfidement et déloyalement interprété, peut porter atteinte à ma considération d'homme, à mon honneur de médecin.

Voici ce fait en deux mots :

M. X..., directeur d'une institution de jeunes gens, à Grenelle, me consulta il y a neuf ou dix mois pour des douleurs rhumatismales dont il était affecté. Les moyens ordinaires n'ayant pas réussi, je conseillai l'emploi de l'iodure de potassium à la dose d'un gramme d'abord par jour, qui fut successivement et graduellement élevée jusqu'à celle de quatre grammes. Aucun accident quelconque ne suivit l'emploi de ce médicament, qui produisit au contraire les meilleurs effets sur les douleurs rhumatismales.

M. X... guérit. Au mois d'août dernier, obligé de m'absenter momentanément de Grenelle, M. X..., légèrement indisposé, fit appeler un autre médecin. A mon retour à Grenelle je reçus une lettre de madame X..., qui me prévenait de ce fait en m'annonçant que son mari désirait être continué dans les soins médicaux par le médecin qui l'avait vu en mon absence. Je ne trouvai rien à dire à cela.

Quelle a été cette dernière maladie de M. X...? quel traitement a été employé? Je l'ignore et n'ai pas à le chercher.

Mais, le 27 novembre dernier, M. X..., après avoir passé une grande partie de la journée à Paris, est revenu à Grenelle, où il est mort presque subitement. De quoi? de quelle affection? Je l'ignore encore, n'ayant pas été appelé auprès du malade, et l'autopsie n'ayant pas été faite (1).

Croiriez-vous, Monsieur le rédacteur, — et voici en quoi ce fait devient grave pour moi, — que la famille de M. X... d'abord, et quelques autres personnes dans le pays ensuite, ont répandu le bruit que M. X... était mort empoisonné par le médicament que je lui avais prescrit dix mois auparavant (2).

Quelle a été la source première de ce bruit ? qui a jeté ce nouveau sujet d'affliction dans le sein de la famille de M. X...? qui a voulu perdre dans son honneur et dans sa position un médecin qui a joui jusqu'ici de l'estime et de la considération de ses confrères et du public?

Je dois m'arrêter, Monsieur le rédacteur, et vous comprendrez le triste motif de ma réserve. Mais me sera-t-il permis de vous demander votre avis sur le fond même de cette affaire, et s'il est possible de supposer que les petites doses d'iodure de potassium prises par M. X... aient pu déterminer sa mort subite dix mois après leur administration? Je comprends bien que je pose là une question ridicule, médicalement parlant, mais vous comprendrez aussi combien votre avis peut m'intéresser en ce moment, car toute autre justification me semblerait indigne de moi et de la noble profession que j'exerce.

Agréez, etc.

DUMONT (de Monteux),

Docteur en médecine de la Faculté de Paris, ancien Médecin de l'Administration des Postes, Médecin adjoint du Bureau de bienfaisance de la commune de Grenelle.

(1) L'honorable M. Le Prevost, vérificateur des décès de la commune de Grenelle, a écrit sur son bulletin (*d'après la déclaration qui lui en a été faite*), que M. X. avait succombé à une attaque d'ÉPILEPSIE. Voyez à cet égard l'opinion que professent MM. Amussat, Rostan, etc.

(2) Le temps que j'assigne ici n'est qu'une approximation de la part de mes souvenirs. J'ai demandé mes ordonnances au pharmacien de la maison X., lequel m'a répondu ne les avoir point! Mais ce qu'il y a de positif, — mon livre de visites m'en fournit la preuve, — c'est que depuis le 24 juin, je n'ai donné aucun soin à M. X., et que j'ai la persuasion qu'à cette époque même je ne lui ai ordonné aucun médicament. Or, du 24 juin au 27 novembre, IL Y A CINQ MOIS! et lorsqu'au commencement d'août, M. X. m'a chargé de ses commissions pour l'ile de Corse, j'atteste qu'il m'a assuré qu'il se portait bien : c'est la dernière fois que je lui ai parlé.

RÉPONSE

DE M. LE RÉDACTEUR EN CHEF

DE

L'UNION MÉDICALE.

Insérée dans le N⁰ du 9 décembre 1847.

Il faut connaître le tort qu'un propos, tant absurde soit-il ; qu'une accusation, tant inepte soit-elle, peuvent faire, — surtout dans les petits endroits, — au médecin le plus honorable et le plus éclairé, pour comprendre la légitime susceptibilité de notre confrère.

Il nous demande s'il est possible d'attribuer la mort subite de M. X... à l'administration de l'iodure de potassium faite il y a dix mois. Oui, notre confrère a raison de le dire, c'est là une question ridicule, et si cette accusation a été portée contre lui par un homme de l'art, — ce qu'il n'est que trop permis de présumer, malgré la délicate réserve de sa lettre, — c'est là un fait bien triste et qui heureusement devient de plus en plus rare.

Si c'est par ignorance que cette accusation a été portée, il n'y a qu'à déplorer qu'une portion de la santé publique soit confiée à un médecin capable de professer de pareilles hérésies médicales.

Si c'est par un vil sentiment de basse rivalité, un confrère aussi indigne ne mérite ni grâce ni merci, et s'il existe des preuves sérieuses et respectables de sa vilaine action, il ne faut pas hésiter à en demander justice et réparation à qui de droit.

Tel est notre avis, car voilà ce que nous ferions nous-même.

Nous soussignés, partageons l'opinion émise par M. le Rédacteur en chef de L'UUNION MÉDICALE, *relativement à l'affaire de notre honorable confrère, M. le docteur Dumont.*

BOYER, D. M., quai Malaquais, 17.	MARTIN, chir. orth. de la maison
DELEAU, jeune, ✳, D. M.	royale de la Légion-d'Honneur.
FOUGEIROL, D. M., rue Montmartre,	DOUILLET, D. M., rue Ste - Appo-
15.	line, 20.

Le Roy-d'Étiolles, ✳, D. M.

Carrière (Ed.), D. M., rue Neuve-St-Georges, 14.

Mialhe, ✳, rue Favart, 8.

Brierre de Boismont, ✳, D. M., rue Neuve-Ste-Geneviève, 21.

Bourdet, D. M., rue du Temple, 102.

Bergeron, ✳, D. M., rue de Paradis, 2.

Aubert-Roche, D. M., rue de Bondy, 48.

Cherest, médecin du bureau de bienfaisance du 1er arrondissement, rue Richepanse, 5.

Fizeau, ✳, ancien professeur de la Faculté de médecine de Paris.

Martin-Lauzer, Rédacteur en chef du journal des Connaissances Médico-Chirurgicales.

Desquibes, D. M., à Vaugirard.

Labarraque, ✳, ex-secrétaire du Congrès médical et secrétaire-adjoint de la Haute-Commission des études médicales.

Mége, D. M., membre corresp. de l'Académie, rue Ste-Anne, 46.

Richelot, ✳, membre de la Commission permanente du Congrès médical.

Homolle, D. M., rue des Petits-Augustins, 26.

Battaille, D. M., ancien Président de la Société Médico-Pratique.

Fauconneau-Dufresne, ✳, méd. des épidémies du départ. de la Seine.

Lamouroux, ✳, médecin du Bureau de bienfaisance du 2e arrondissement, rue de Clichy, 25.

Rochard, directeur de la maison de santé, rue Marbœuf.

Mailliot, D. M., rue Rambuteau, 63.

Patissier, membre de l'Académie royale de médecine, rue des Vieilles-Audriettes, 2.

Allibert, ✳, médecin en chef de l'Institut royale des aveugles.

Gauthier, D. M., médecin vérificateur des décès du 7me arrondissement.

Tranchon, ✳, D. M., rue de Menars, 9.

Héricé-Legros, D. M., boulevart St-Denis, 6.

Le Prevost, médecin du Bureau de bienfaisance et vérificateur des décès de la commune de Grenelle.

Fouques, docteur-médecin exerçant à Grenelle.

Leroux, D. M., à Vaugirard.

Hoefer, ✳, D. M., rue Vavin, 4.

Garnier, médecin du Bureau de bienfaisance et vérificateur des décès de la commune de Vaugirard.

CORRESPONDANCE.

Lettre Première.

Paris, 8 décembre 1847.

Mon jeune Confrère,

Malgré les années qui pèsent sur moi, mon cœur est accessible aux sentimens que peuvent dicter l'estime et l'affection. Ce dont on vous accuse m'a d'abord indigné, mais en considérant cette affaire, j'ai jugé qu'elle ne pouvait vous porter atteinte que dans l'esprit des sots et des méchans, sorte de gens dont il ne faut pas ambitionner les suffrages. Vous êtes véritablement si au-dessus d'une semblable calomnie, que je vous conseille *de marcher sur elle à plein soulier !* . . . .

. . . .

Que Dieu vous vienne en aide ainsi que vous le méritez, tel est le vœu d'un vieillard qui vous aime.

LACOURNÈRE,

Membre de l'Académie Royale de Médecine ; ancien Chirurgien en chef et Professeur à l'Hôpital militaire d'Instruction de Strasbourg ; ancien Chirurgien de l'Empereur.

Lettre Deuxième.

Paris, le 8 décembre 1847.

Mon cher et honorable Confrère,

Pendant les vingt-trois ans que j'ai passés à la Salpêtrière, où j'ai eu à diriger un service de cinq cents épileptiques, je n'en ai jamais vu mourir d'une attaque d'épilepsie à moins que les malades ne se soient étouffés ou étranglés pendant l'accès, ou que des accès répétés n'aient produit des accidens cérébraux mortels. On ne meurt pas d'une attaque d'épilepsie !

En second lieu, je n'ai jamais vu l'iodure de potassium produire l'épilepsie, pas plus que le ramollissement du cerveau : je n'en connais pas d'exemple. Il peut produire des spasmes ou une espèce d'ivresse momentanée.

La dose à laquelle vous vous êtes graduellement élevé est la dose généralement employée. Les accidens arrivés plusieurs mois après les derniers conseils que vous avez donnés à M. X. ne sauraient d'ailleurs, en aucune manière, vous être imputés.

Ainsi, dormez sur les deux oreilles, et méprisez vos calomniateurs !

Agréez, mon cher confrère, l'expression de mes sentimens distingués et affectueux,

ROSTAN, ✳ ,

Professeur de la Faculté de Médecine de Paris ; Médecin de l'Hôtel-Dieu ; Membre de l'Académie royale de Médecine.

Lettre Troisième.

Paris, le 9 décembre 1847.

Monsieur et honoré Confrère,

Par votre lettre, en date d'hier, vous me faites l'honneur de m'adresser un certain nombre de questions auxquelles je vais répondre :

Dans aucun cas je ne vois pas ce qui pourrait faire croire que l'iodure de potassium prédispose à l'épilepsie. On ne pourrait citer aucun fait à l'appui de cette hypothèse toute gratuite.

Quand on sait avec qu'elle facilité l'iodure de potassium abandonne les organes où il avait été apporté par l'absorption ; quand on sait qu'au bout de huit ou dix jours l'urine des individus qui ont pris ce sel n'en charie plus, on est émerveillé de la nécesssité où l'on se trouve de répondre à la question que vous me posez !...

Non certes, des accidens, *quels qu'ils soient*, ne sauraient être attribués à de l'iodure de potassium avalé huit ou dix mois auparavant !

Recevez, Monsieur, l'assurance de ma considération distinguée.

ORFILA, c. ✳,
Doyen de la Faculté de médecine de Paris ; Membre du Conseil royal de l'Instruction publique ; Médecin consultant du Roi, etc.

Lettre Quatrième.

Paris, le 10 décembre 1847.

MONSIEUR,

Je viens d'apprendre, par le journal L'UNION MÉDICALE, l'inculpation, je ne dirai pas ridicule, mais odieuse qui pèse sur vous. Je dis *odieuse* parce que ce ne peut être que par suite d'une mauvaise passion que les bruits qui courent à Grenelle ont été répandus.

Bien que l'inculpation soit à ne pas y répondre, je puis vous affirmer que moi-même j'ai pris pendant trois mois de l'iodure de potassium à l'intérieur; que j'ai fait à l'extérieur des frictions de pommade iodurée, et que jamais je n'ai éprouvé le moindre effet qui dût me porter à suspendre cette médication.

L'élimination des iodures par les sécrétions et par les urines démontre positivement que l'iodure ne peut séjourner dans l'économie et être, après un certain laps de temps, le sujet d'une action quelconque.

Je vous engage à faire toutes les recherches nécessaires pour savoir quel est ou quels sont les auteurs de cette mauvaise action, afin de demander une juste réparation du dommage qui vous a été causé.

Je suis votre tout dévoué.

CHEVALLIER, ✳ ,

Professeur à l'École de Pharmacie; Membre de l'Académie royale de Médecine et du Conseil de salubrité de la ville de Paris.

Lettre Cinquième.

11 décembre 1847.

Monsieur et très honoré Confrère,

J'ai employé l'iodure de potassium un grand nombre de fois et à des doses élevées, et je n'ai jamais observé d'accidens sérieux à la suite de cet emploi. Il est contraire à tout ce qu'enseigne l'expérience, il est absurde de mettre sur le compte d'un pareil médicament, dont on a pu tant de fois abuser impunément, une mort subite et cela plusieurs mois après qu'on en avait cessé l'usage.

Je partage donc complétement les opinions émises à cet égard dans les lettres qui vous ont été adressées par plusieurs confrères, et comme eux, je proteste contre les imputations aussi ridicules que méchantes dont vous avez à souffrir.

Recevez l'assurance de mes sentimens bien dévoués.

MÉLIER, ✳.

Membre et Secrétaire annuel de l'Académie
Royale de Médecine.

Lettre Sixième.

Paris, le 11 décembre 1847.

Mon cher Confrère,

J'ai appris avec beaucoup de peine par l'Union Médicale du 7 décembre dernier, les tribulations que vous cause une assertion calomnieuse répandue contre vous à l'occasion des soins que vous avez donnés à M. X.

Je n'ai jamais vu l'iodure de potassium à la dose de quatre grammes, ou *à toute autre dose*, amener des accès d'épilepsie... Cette dernière maladie ne fait pas mourir subitement. Pendant quatre années que j'ai passées à la Salpêtrière comme interne de la division des épileptiques, je n'ai rien observé de semblable à ce qui a été dit relativement à la mort de votre ancien client.

Du reste, je partage l'opinion de M. le rédacteur en chef de l'Union Médicale, et je pense qu'il faut poursuivre les auteurs de la calomnie qui a été dirigée contre vous, lorsque vous aurez la certitude de les avoir découverts.

Veuillez agréer, mon cher Confrère, l'assurance de mes sentimens d'estime et d'affection.

AMUSSAT, ✻,
Membre de l'Académie royale de Médecine.

ATTESTATIONS.

Il est absolument impossible que l'iodure de potassium, donné à la dose d'un gramme à quatre grammes par jour, puisse, après plusieurs mois d'interruption, être pour quelque chose dans une mort subite.

10 décembre 1847.

CRUVEILHIER, O. ✳ ,

Professeur de la Faculté de Médecine de Paris ; Médecin de la Charité ; Membre de l'Académie de Médecine.

Ayant employé un très grand nombre de fois l'iodure de potassium, soit à l'hôpital de la Pitié, soit en ville, aux doses de deux, trois, quatre et cinq grammes par jour, et l'ayant fait sans inconvéniens aucuns pour les malades, j'affirme que ce médicament, donné à de telles doses, ne peut amener ni ramollissement du cerveau, ni épilepsie, ni mort subite, et qu'il faudrait n'en avoir jamais employé, et *n'avoir rien lu sur ce sujet* pour croire le contraire.

Paris, 12 décembre 1847.

PIORRY, ✳ ,

Professeur de la Faculté de Médecine de Paris, Membre de l'Académie royale de Médecine ; Médecin de l'Hôpital de la Pitié, etc.

Je partage l'avis de M. le Rédacteur en chef de L'UNION MÉDICALE et des Savans qui ont écrit les lettres ci-dessus.

Grenelle, 15 décembre 1847.

PAYEN, O. ✳ ,

Membre de l'Institut ; Professeur au Conservatoire des Arts et métiers ; Membre du Conseil municipal de la commune de Grenelle, etc.

OPINIONS EXTRAITES DE QUELQUES THÉRAPEUTISTES SUR L'EMPLOI DE L'IODURE DE POTASSIUM.

« La dose est depuis dix grains jusqu'à trente-six et même un gros et demi (six grammes) par jour dans de l'eau distillée. Ce sel est toujours sans inconvénient, même chez les enfans, et jamais il ne produit d'amaigrissement des glandes (1). On en fait aujourd'hui un usage considérable. » (MM. MÉRAT et de LENS, *Supplément au tome VII du Dictionnaire universel de matière médicale*, page 391, édition de 1846.)

« Des praticiens dans ces derniers temps ont poussé la dose de l'iodure de potassium jusqu'à quinze et *même trente grammes par jour*. L'exagération de ces doses a suffi pour produire une sorte d'aliénation MOMENTANÉE, désignée sous le nom d'*ivresse iodique*. » (DORVAULT, *Répertoire général de pharmacie pratique*, page 305, édition de 1847.)

« L'action de l'iodure de potassium sur le système nerveux est peu fréquent, mais très remarquable. M. Ricord a vu survenir chez certains malades un peu d'exitation cérébrale ; des signes de légère congestion qui avait donné lieu à quelque chose d'analogue à l'ivresse produite par les boissons alcooliques. » (BOUCHARDAT, *Manuel de matière médicale*, page 739, édition de 1846.)

(1) Qu'on fasse bien attention qu'il s'agit ici de l'iodure de potassium et non de l'iode pur.

Ainsi, de ces citations il résulte que l'iodure de potassium n'agit que rarement sur le cerveau, et que son action excitante est passagère comme le serait celle du vin de Champagne.

De la correspondance de MM. Orfila, Rostan, Chevallier, Piorry, etc., il résulte surtout que ladite substance ne peut produire, après un certain temps, aucuns des désordres ni des effets consécutifs qui ont été signalés.

Donc, il est absurde de faire entrer M. le docteur Dumont pour la moindre chose dans la mort de M. X., lorsque, entre cette mort et LA DERNIÈRE VISITE DE M. LE DOCTEUR DUMONT, IL S'EST ÉCOULÉ UN ESPACE DE PLUS DE CINQ MOIS !

FIN.